DISNEY
LA REINE DES NEIGES

L'HISTOIRE DE DEUX SŒURS

Pour Lilly et Lucy, les plus adorables
sœurs qui soient. —M. L.

© 2013 Les Publications Modus Vivendi inc. pour l'édition française.
© 2013 Disney Enterprises, Inc. Tous droits réservés.

Publié par Presses Aventure, une division de
Les Publications Modus Vivendi inc.
55, rue Jean-Talon Ouest, 2e étage
Montréal (Québec) H2R 2W8
CANADA
www.groupemodus.com

Éditeur : Marc Alain
Traductrice : Karine Blanchard

Publié pour la première fois en 2013 par Random House
sous le titre original *Frozen A Tale of Two Sisters*

Dépôt légal — Bibliothèque et Archives nationales du Québec, 2013
Dépôt légal — Bibliothèque et Archives Canada, 2013

ISBN 978-2-89660-633-7

Nous reconnaissons l'aide financière du gouvernement du Canada par l'entremise du Fonds du livre du Canada pour nos activités d'édition.

Gouvernement du Québec — Programme de crédit d'impôt pour l'édition de livres — Gestion SODEC

Imprimé au Canada en novembre 2014

L'HISTOIRE DE
DEUX SŒURS

Écrit par Melissa Lagonegro

Illustré par Maria Elena Naggi, Studio Iboix,
et les artistes de Disney Storybook

La princesse Elsa
et la princesse Anna
sont sœurs.

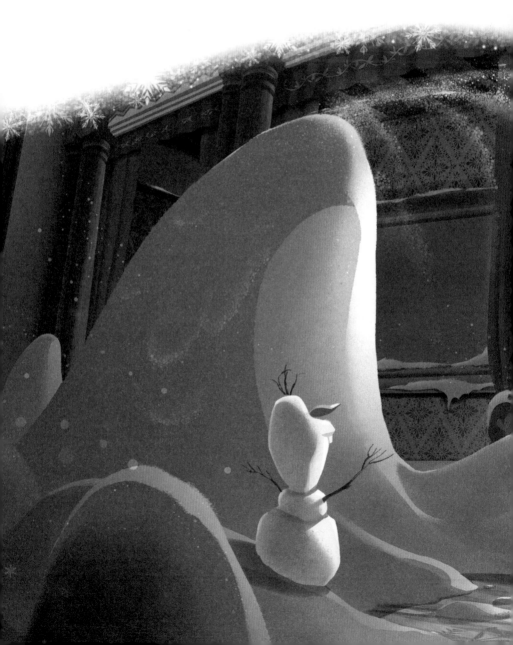

Elsa cache un secret.

Elle peut créer de la glace.

Elsa commet une erreur.

Sa magie atteint Anna.

Anna a très froid.

Les parents des deux

fillettes sont inquiets.

Anna se réchauffe.
Elle veut retrouver
sa grande sœur.

Pour protéger Anna,

Elsa reste à l'écart.

Elsa est triste.

Anna et Elsa grandissent.

Anna rencontre

le prince Hans.

Ils tombent amoureux.

Elsa devient reine.

Tout le monde au royaume

est heureux.

Anna veut épouser Hans.

Elsa refuse.

Anna et Elsa se disputent.

Anna enlève le gant d'Elsa.

De la glace magique
s'échappe de la
main d'Elsa.

Elsa s'enfuit très loin.
Elle ne veut plus
blesser personne
avec sa magie.

Elsa recouvre

le pays de neige.

Elle crée un palais

de glace.

Le royaume a besoin
d'Elsa pour mettre
fin à la tempête.
Il y a trop de neige !
Anna doit retrouver
Elsa.

Anna rencontre Kristoff
et son renne, Sven.
Ils aident Anna à
chercher Elsa.

Ils rencontrent Olaf.

C'est un gentil bonhomme
de neige.

Il les conduit à Elsa.

Tout le royaume est
inquiet pour Anna.
Hans part à sa
recherche.

Anna retrouve enfin Elsa.
Elle demande à Elsa de
rentrer à la maison.

Elsa a peur de blesser
quelqu'un de nouveau.
Anna ne l'écoute pas.

Elsa est en colère.

Elle frappe Anna d'un

faisceau de glace.

Elsa crée un immense
bonhomme de neige.
Il chasse Anna et ses
amis du palais.

La magie d'Elsa
transforme Anna en glace !
Un vieux troll vient en
aide à Anna.

Il dit que seul un véritable acte d'amour pourra la sauver.

Hans trouve Elsa.

Ses gardes ramènent

Elsa à la maison.

Hans ne veut pas

embrasser Anna.

Il ne l'aime pas.

Il ne veut que régner

sur le royaume.

Anna est presque complètement gelée. Kristoff aime Anna. Son baiser la sauvera peut-être. Mais Elsa a besoin d'Anna !

Hans tente de blesser Elsa.
Anna bloque l'attaque en
se figeant dans la glace.

Elsa est saine et sauve.

Elle pleure. Elle prend

Anna dans ses bras.

La glace qui recouvre Anna
commence à fondre !
Son acte d'amour leur
a sauvé la vie.

Les deux sœurs deviennent
enfin les meilleures amies
du monde !